Martin Baltscheit
Belleğini Yitiren Tilkinin Öyküsü

Almancadan çeviren: Kâzım Özdoğan

Gergedan Yayınları: 6

Ödüllü Kitaplar Dizisi: 1

Belleğini Yitiren Tilkinin Öyküsü

Martin Baltscheit

Eserin özgün ismi: Die Geschichte vom Fuchs, der den Verstand verlor

© 2013 Beltz & Gelberg, Weinheim/Basel © 2010 Martin Baltscheit

Editör: Şehnaz Helvacılar   Almancadan çeviren: Kâzım Özdoğan

1. Baskı: Kasım 2013   Düzelti: Hayati Sönmez

2. Baskı: Mart 2017   Grafik uygulama: Necat Çetin

Baskı ve cilt: Ertem Basım Ltd. Şti., Ankara

ISBN: 978-605-63972-5-7

© Gergedan Yayınları, 2013 / Sertifika No: 33605 / Her hakkı saklıdır.

Gergedan Yayınları

Acıbadem Mah. Yeni Mütevelli Sok. 13/2 Kadıköy-İstanbul

Tel: (0532) 715 63 74

info@gergedanyayinlari.com

www.gergedanyayinlari.com

Bir tilki. Akıllı ve güzel bir tilki.

Kırmızı, hızlı ve her zaman aç.
Bir tilkinin bilmesi gereken
her şeyi bilen bir tilki:

1. Keçilere nasıl tuzak kurulacağını,
2. Zarif tavşanların yoluna nasıl çukur kazılacağını,
3. Tavukların nasıl kızartılacağını bilen bir tilki.

İşte bu tilki,
haftada bir kez
bütün genç tilkileri davet ederdi.
Onlara yemek pişirir
ve en iyi becerilerini öğretirdi.

Örneğin şunu öğretirdi:
Çok kurnaz bir tilkinin av köpeklerinin önünden nasıl kaçıp kurtulacağını.

GRRRRRRRRR! GRRRRRRR! 90

Her şeyi bilen uzun yaşayabilir, diye düşünürdü bu tilki ve maceralarla dolu uzun bir hayat yaşadı.

Uzun yaşadı ve sonunda yaşlandı. Sakalları beyazladı, orasında burasında birkaç yara izi vardı ve **biraz da unutkanlık başladı.**

Pazar

İlk önce haftanın günlerini karıştırmaya başladı Çarşamba günleri ibadethaneye gider ve kaz korosunun neden şarkı söylemediğine hayret ederdi.

Perşembe
Pazartesi
Cuma
Çarşamba
Cumartesi
Salı

Sonra düşüncelerini unutmaya başladı.
Ve hep düşüncenin ilk kez aklına geldiği yere gitmek zorunda kalırdı.

Veya bir arkadaşının doğum günü olduğunu unutur, hediye getirmezdi.

Veya yanında hediye getirir ama kimsenin doğum günü olmazdı.

Yine de bütün bunlar tilki için sorun değildi.

Ancak günün birinde,
tilki evin yolunu bulamadı.
Bir ağaca tırmandı
ve bir kuş yuvasına oturdu.
O sırada kara tavuk geldi
ve ona şu soruyu sordu:
Burada mı oturuyorsun?
O anda, tilki tekrar hatırladı.
Hayır, burada oturmuyordu.
Ama kara tavuk artık kimseye soru soramadı.

Başka bir seferinde, tilki
ava çıkmıştı ve... avlanmayı unuttu.

Ama aç olduğu için
durdu ve bir böğürtlen ağacındaki
bütün böğürtlenleri sildi süpürdü.

Eve vardığında
genç tilkiler ona bakıp
hemen şöyle düşündüler:

*Ah, bu tilki var ya bu tilki,
bugün en az yedi oğlak
yemiş olmalı.*

Birkaç hafta sonra
böğürtlenleri görmezlikten geldi
ve yüzmeye gitti.
Bütün gün yüzüp durdu.

Dört kez dereyi
baştan başa yüzdü,
beş kez dibe daldı ve
ağzına su doldurup
güneşe karşı altı metre
yükseğe fırlattı.

O gece çok kötü uyudu.
Rüyasında 4 çeşit taze et,
5 kap yemek ve en az
6 çeşit içecekli bir ziyafet gördü.

Tek kelimeyle, **açtı.**
Sonunda uyandı ve ava çıktı.
Ava çıktı ama avlanmayı unuttu.
Ormanda koştu ve koşmayı unuttu.
Durdu ama neden durduğunu bilmiyordu.

**Tilki, bir tilki olduğunu
unuttu.**

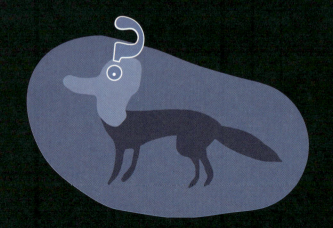

O sırada, uzaklardan şey duydu... İyi de ne duymuştu ki? Bir şeyler koşarak geliyordu, şöyle şeyler... Giderek yaklaşıyorlardı ve epeyce ses çıkarıyorlardı, şeyleri... yani kırmızı şeyleri vardı, şeylerinden dışarı sarkan... ağızlarından? Evet, doğru, **ağızlarından**, ağızlarından sarkan şeyler **dilleriydi,** evet, dilleri... Git gide yaklaşıyorlardı ve inanılmaz **öfkeliydiler!** Kime bu kadar öfkeliydiler acaba? Gittikçe daha fazla ağız ve dil koşarak geliyordu ona doğru ve küçücük sarı... evet, **gözleri** vardı, teşekkürler... Gözleri şaşı bakıyordu ve dilleri ağızlarından sarkıyordu. Dişleri sivriydi ve önce ne dedikleri anlaşılmıyordu. Sonra yakına geldiklerinde ne söyledikleri iyice anlaşılıyordu: Tilki, tilki, kırmızı tilki! Tilki, tilki, ölü tilki! Hangi tilki? Yoksa buraya doğru gelenler tilki miydi? Hayır, gelenler tilki değil, galiba şey...

Ve yaşlı tilki, son bir kez daha köpeklerin eline geçmekten kurtuldu...

Havlayan köpek sürüsü, ağacın altından rüzgâr gibi geçerek uzaklaştı ve tilki derin bir nefes aldı. Hatta güldü: *Ah, şu aptal, ee neydi?.. köpekler, ha ha ha!* Sonra dengesini yitirdi ve ağaçtan

4 metre **50** santim aşağıya düştü!

İki gün sonra, genç tilkiler onu buldu. Yanlarına alıp götürdüler ve bütün yaralarını iyileştirdiler.

Ama sadece belleğini, işte onu iyileştiremediler, çünkü tilki belleğini yitirmişti ve nerede kaybettiğini hiç kimse bilmiyordu...

Kısa süre içinde, kazlar tilkinin hasta olduğunu duydular ve onu her gördüklerinde üç sesli olarak şu şarkıyı söylediler:

Tilkinin belleğini ben çaldım, ben çaldım,
ona belleğini geri vermeyeceğim, vermeyeceğim.
Onu akılsız kafasıyla daha çok seviyoruz,
Akılsız kafayla midesi boş kalır!
... boş kalır, midesi boş kalır!

Artık tilki, **tavuklara** her seferinde şu soruyu soruyordu: *Siz ne tuhaf hayvanlarsınız böyle? Nesiniz siz?* Tavuklar ellerinden geldiği kadar köpek gibi havlıyor ve şöyle yanıt veriyorlardı: *Tabii ki köpeğiz biz!*

Koyunlar, tilkiye onun kendilerinden biri olduğunu ve en çok dikenli gülleri yemeyi sevdiğini anlatıyorlardı. Tilki, yemekten sonra eve gittiğinde, diğer tilkiler onunla alay ediyorlardı: *Bakın, bakın! Bu tilki bugün yine en az yedi oğlak yemiş olmalı!*

Bunu duyan tilki öfkelenip onlara doğru koşuyor ve **hepsini yemek istiyordu.** Ama birkaç metre sonra, öfkesinin nedenini unutuyor ve herkese *iyi günler* diliyordu.

Tilkinin artık en çok sevdiği şey,
aşağı deredeki
sevimli yabancılarla sohbet etmekti.

**Bir keresinde,
belleksiz bir tilki vardı.**

Hiçbir şey bilmezdi, sadece hissederdi.
Birisi yaralarını yaladığında hissederdi.
Aç olmamanın nasıl bir şey olduğunu hissederdi.
Genç tilkilerin av hikâyelerini dinlemeyi severdi.
Onların hilelerini beğenirdi, özellikle pipetli olanını.

Birkaç şeyde zorlanırdı:
İsimleri aklında tutamazdı.
Evin yolunu bulamazdı.
Yalnız uyumayı hiç mi hiç sevmezdi.

Ama artık yalnız uyumak zorunda değildi...